KB267592

말문이 빵 터지는 의태어 동시 - 세이펜으로 더 재미있게

1판 1쇄 2013년 12월 30일
2판 1쇄 2021년 4월 30일

글 임영주   **그림** 천소   **펴낸이** 정연금   **펴낸곳** 멘토르
등록 2004년 12월 30일 제302-2004-00081호
주소 주소 서울시 광진구 능동로 331 2층
전화 02-706-0911   **팩스** 02-706-0913
이메일 mentorbooks@naver.com
ISBN 978-89-6305-635-7 17810

말문이 빵 터지는 의태어 동시

말빵세

임영주 지음

운율과 리듬의 언어가 동시입니다

감성의 코드, 인성의 코드, 동시(童詩)

누군가 저에게 말을 가장 재미있게 가르치는 방법을 묻는다면, 저는 "동시를 읽어주세요."라고 대답할 것입니다. 동시를 들려주는 것은 우리말을 가장 효율적으로 가르치는 방법의 하나이고 세상을 아름답게 보는 눈을 길러주는 힘입니다. 재미와 의미를 담은 동시를 들려주면 더욱 좋겠지요. 바로 의성어, 의태어 동시처럼 말입니다.

꼬르륵, 똑똑, 퐁퐁, 팔랑팔랑, 흔들흔들, 아장아장.
소리를 흉내낸 말(의성어)과 모양을 흉내낸 말(의태어)은 동시뿐만 아니라 동화에서도 자주 쓰입니다. 의성어와 의태어는 아이들의 발달 단계에 필요하며 즐거움과 호기심을 불러일으키는 어휘이기 때문이지요.

EQ(감성지수)와 HQ(인성지수, 유머지수)를 함께 길러주는 동시를 아이들에게 많이 들려주세요. 압축과 상징으로 이루어진 동시가 조금은 어렵게 느껴질 수도 있겠지만 어릴 때부터 놀이처럼 재미있게 들려주면 '문학을 사랑하고 감수성이 풍부한 사람'으로 성장할 수 있습니다. 하지만 아이들에게 시가 어렵게만 느껴지면 모든 효과가 반감됩니다. 때로는 둥실둥실 풍선처럼, 휙휙 바람처럼 즐겁고 신나게 의성어, 의태어 동시를 읽어주세요.

동시를 읽으며 아이와 부모 모두 행복한 시간을 가졌으면 합니다. 동시를 통해 아이들이 시처럼 표현하고 시처럼 행복하게 자라길 바랍니다. 음악성이 풍부한 의성어와 의태어 동시가 우리 모두에게 샘물처럼 맑고, 나비처럼 아름답게 퐁퐁, 사뿐사뿐 전해지면 좋겠습니다.

지은이 임영주

아동문학가/부모교육 전문가

한국문인협회(아동문학가)/국제펜클럽 한국본부 회원(시인)

임영주 선생님은 신구대학교 유아교육과에서 <아동문학>을 강의하고 있어요. 또 임영주 부모교육연구소 대표이기도 하지요. 선생님은 부모교육특강으로 대한민국의 많은 부모님과 행복한 시간을 보내고 있어요.

EBS 자문위원으로 활동하고 있고 KBS, MBC, SBS, EBS 외 다수 방송에 출연, 저서로는 <아이의 사회성 아빠가 키운다>, <아이의 사회성 부모의 말이 결정한다> 등이 있어요.

세이펜과 함께해요!

말문이 빵 터지는 의태어 동시는 세이펜이 지원되는 도서입니다. 세이펜을
가지고 있는 독자라면 예쁜 소리와 함께 의태어 동시를 즐길 수 있답니다.

동시를 읽어줄 때는!

시는 리드미컬하게 리듬을 살려 읽는 것이 중요하고 행과 연의 느낌을
살리는 것이 중요합니다. 시는 행과 연이 있는 음악입니다.

1. 전체 연을 천천히 소리 내어 읽어요
2. 행과 행의 느낌을 살려 읽어요
3. 행과 행 사이에는 0.5초 정도의 간격을 두고 읽어주세요
4. 연과 연 사이는 1초 정도 쉬었다가 읽어주세요
5. 동시의 느낌을 이미지화 해보세요
6. 의태어 동시는 '모양'을 표현한 것이므로 모양의 느낌이 최대한 나도록 실감나게 읽어주세요.
7. 시의 느낌에 알맞은 목소리로 읽지만 과장하지 않고 자연스럽게 읽는 게 좋아요

차 례

*. 세이펜으로 제목을 찍어보세요.
임영주 선생님이 직접 녹음한 부드럽고 따뜻한 음성의 동시를 감상할 수 있어요.

끄덕끄덕

안아 줄까?
끄덕끄덕
업어 줄까?
끄덕끄덕

아기는 좋다고
끄덕끄덕
엄마도 웃으며
끄덕끄덕

오르락내리락

오르락내리락
나는 올라가고
너는 내려오고

오르락내리락
내 엉덩이가 쿵
네 엉덩이가 쿵

오르락내리락
시소 타기
정말 재미있어

꼬무락꼬무락

꼬무락꼬무락
우리 아가 발가락

놀자고 꼬무락
좋다고 꼬무락

꼬무락꼬무락
발가락으로 말해요

둥실둥실

비눗방울 둥실둥실
풍선도 둥실둥실

우리 아가 둥실둥실
즐겁다 둥실둥실

동동

파란 하늘에
흰 구름이 동동
하늘나라 여행가며
흰구름이 동동

예쁜 어항 속에
금붕어가 동동
물 밖으로 입 내밀며
밥 달라고 동동

살랑살랑

봄바람이 살랑살랑
꽃잎을 흔들어요

강아지가 살랑살랑
꼬리를 흔들어요

봄바람이 살랑살랑
강아지가 살랑살랑

누가누가 살랑대나
살랑살랑 살랑살랑

터벅터벅

터벅터벅 터벅터벅
누가 오고 있나요?
부지런한 황소예요
발걸음도 의젓하게
터벅터벅 터벅터벅

타박타박 타박타박
누가 오고 있나요?
귀여운 강아지예요
발걸음도 귀여웁게
타박타박 타박타박

아장아장

아장아장
우리 아기
아장아장
걸어요

아장아장
아빠한테 갈까?
아장아장
엄마한테 갈까?

아빠가 두 팔 벌려
꼬옥 안아 주고
엄마는 웃으며
살포시 안아 주고

살금살금

우리 아기
잠 깰까
살금살금
조용조용
살금살금

우리 엄마
놀래 줄까?
살금살금
조심조심
살금살금

팔랑팔랑

팔랑팔랑 나비가
봄을 데려와요
살랑살랑 강아지
봄을 좋아해요

팔랑팔랑 나비가
강아지 코에
사뿐사뿐 내려앉아
봄소식 전해요

성큼성큼

성큼성큼
우리 아빠
멋지게 걸어요

성큼성큼
우리 형아
씩씩하게 걸어요

30

성큼성큼
우리 아가
흉내내며 걸어요

성큼성큼
성큼성큼
힘차게 걸어요

싹 싹

우리 아기 싹싹
맛있게 먹었네

우리 엄마 싹싹
깨끗하게 닦았네

33

우물우물 오물오물

맛있는 과자
할머니는 우물우물
아기는 오물오물

둘이서 마주보고
맛있다고 우물우물
웃으며 오물오물

한 개 더 우물우물
두 개 더 오물오물
벌써 다 먹었네 우물오물

팔딱팔딱

우리 엄마 보면은
좋아서 팔딱팔딱
가슴이 뛰어요

연못 속 잉어도
좋아서 팔딱팔딱
물 위로 뛰어요

내 가슴은 팔딱팔딱
잉어는 팔딱팔딱
좋아서 뛰어요

휙휙

휙휙 바람 불면
나뭇잎이 날려요

휙휙 바람 불면
모자도 날려요

휙휙 바람 불면
먼지도 날려요

39

간질간질

간질간질 간질이면
깽깽깽 깨깽
강아지가 웃어요

간질간질 간질이면
히히히 히히
나도 웃어요

간질간질 소리에
간질간질 간지러워
히히 웃음 나요

하아아

꾸불꾸불

꾸불꾸불 뱀이
꾸불꾸불 길을
꾸불꾸불 기어가요

43

동글동글

동글동글
아기 눈

동글동글
작은 공

동글동글
큰 수박

동글동글
동글동글

올록볼록

올록볼록
블록으로 집을 만들고
올록볼록
블록으로 울타리 만들고

올록볼록
블록으로 바퀴 만들고
올록볼록
블록으로 자동차 만들고

폴짝폴짝

나비가 훨훨
날아오르면
우리 아기 폴짝
뛰어 올라요.

한 번 훨훨
한 번 폴짝
나비는 훨훨
아기는 폴짝

흔들흔들

흔들흔들
나무가 춤춰

흔들흔들
바람도 춤춰

흔들흔들
나도 따라 춤춰

펄럭펄럭

깃발이 펄럭펄럭
나뭇잎이 펄럭펄럭
그런데 이상해요
바람도 안 부는데

아기새가 날개를
펄럭펄럭 펄럭펄럭
강아지가 두 귀를
펄럭펄럭 펄럭펄럭

둥 둥 두둥

아빠가 아기를 번쩍
둥둥 두둥

우리 아기 날아 볼까?
둥둥 두둥

아기는 기분 좋아
둥둥 두둥

아빠가 더 높이
둥둥 두둥

꼬마 판다 나나의 말문이 빵 터지는
세마디 **영어·중국어·일본어** 그림책 시리즈

말빵세 영어 시리즈 전 30권 | 김현좌, 김노엘 글 |
| 각 12쪽 | 부록 오디오 CD 3장

말빵세 중국어 시리즈 전 30권 | 김노엘 글 |
| 각 12쪽 | 부록 오디오 CD 3장

말빵세 일본어 시리즈 전 30권 | 최아키코, 김노엘 글 |
| 각 12쪽 | 부록 오디오 CD 3장

반복되는 패턴의 짧은 대화체 문장으로
영어도 배우고, 중국어랑 일본어도 배워요!

- 우리 아이의 일상을 30개의 에피소드, 30권의 책으로 구성했어요.
- 아침부터 잘 때까지 매일 반복되는 300개의 문장으로 대화를 나누어요.
- 패턴문장으로 반복되어 문장이 머릿속에 쏙쏙 들어가요.
- 세이펜 코딩으로 원어민 선생님과 공부하듯 바로바로 정확한 발음을 익혀요.
- QR 코드로 전문가 선생님의 강의를 듣고 쉽게 따라 할 수 있어요.
- 일석삼조! 이제 영·중·일 세 쌍둥이 그림책으로 다국어를 쉽고 재미있게 익혀요.

영어, 중국어, 일본어 그림책 세트 각 30권, mp3 음원 CD 3장

글 김홍신, 임영주 I 그림 김원정, 권영묵, 오은선, 전병준, 조시내, 지효진, 황지영 I 전 10권, 각권 40쪽